百年新诗百部典藏／马启代 主编

忆博斯普鲁斯海峡

沙 克 著

江苏凤凰美术出版社
全国百佳图书出版单位

图书在版编目（CIP）数据

忆博斯普鲁斯海峡 / 沙克著． -- 南京：江苏凤凰美术出版社，2018.10

（百年新诗百部典藏 / 马启代主编）

ISBN 978-7-5580-5113-5

Ⅰ．①忆… Ⅱ．①沙… Ⅲ．①诗集－中国－当代 Ⅳ．① I227

中国版本图书馆 CIP 数据核字（2018）第 198348 号

责任编辑　曹昌虹
装帧设计　小马工作室
责任监印　唐　虎

书　　名	忆博斯普鲁斯海峡
著　　者	沙　克
出版发行	江苏凤凰美术出版社（南京市中央路 165 号　邮编：210009
	北京凤凰千高原文化传播有限公司
出版社网址	http://www.jsmscbs.com.cn
印　　刷	河北飞鸿印刷有限责任公司
开　　本	710mm×1000mm　1/16
印　　张	10
版　　次	2020 年 4 月第 1 版　2020 年 4 月第 1 次印刷
标准书号	ISBN 978-7-5580-5113-5
定　　价	28.00 元

营销部电话　010-64215835-801
江苏凤凰美术出版社图书凡印装错误可向承印厂调换　电话：010-64215835-801

总序

转眼新诗已百年

马启代

早在20世纪的最后几年,大家已在议论新诗百年的事情,近年来,"新诗百年"的话题和各类活动甚至与社会商业活动携手并肩、大有超越诗歌本身的勃兴之势。事实上,看似在热闹中诞生的新诗,其本性与喧嚣并无基因上的联系。艺术与人类历史一样,有着表面风风火火的一面,也有着沉潜低回的另一条趋线。作为伴随新文学诞生的一个新兴文体,它呱呱坠地的时代的确可以用狂飙突进来标示,故我虽一向把社会"思潮"与"诗潮"的相伴相随作为认识百年新诗的一个重要视角,但我并不认同仅仅把波涛浪峰上的那些弄潮者看作新诗百年的代表,也就是说那些以潮流和流派及其风云人物为特征的历史叙事所构成的只是一个粗线条的描述,正是"思潮"与"诗潮"的历史共振,加上民族危难和社会动荡所造成的探索中断和精神异化,新诗所欠下的旧账一再被后来者忽略或轻视,仿佛一个亢奋的战士,冲锋中丢弃了装备,几番沉浮,在这个百年的节点,正是反思得失、检视成败的契机。当然,作为在争论甚至反对声中活得多数时候都青春四射的新诗,对质疑和批评的回应与对自身缺憾和弊端的正视从来都是一体两面需要痛加剖析、修正的问题。

我想略通"近代史"的人都会理解,产生于春秋战国以来极少出现的思想自由争鸣时期的新文学,结出新诗这个果实,既是必然,也显得匆忙。我们至今对它的称谓还有争议，如白话诗、自由诗、新诗、朦胧诗、现代诗、汉语新诗、新汉诗等，各有历史定位和美学指向，但莫衷一是，互不认同。此外，关于新诗诞生的历史成因、艺术脉络也各执一词，互有个见。我曾在《新汉诗十三题》中说过，它的源头不是旧诗，它与古诗、律诗、词、曲的代终体换不同，新诗直接来源于外国诗，不是一般的启示与借用，但新诗最终应是民族文化求新求变的产物皆赖于外来文化的刺激复活以及几代学人承前启后的不懈挽救。借此界定新诗的生日——假如非要有一个最大认同公约数的时间，我想，既不是胡适在《尝试集》中几首诗后面标注的 1916 年，也不是《新青年》2 卷 6 号刊发胡适《白话诗八首》的 1917 年，而应是《新青年》4 卷 1 号刊登胡适、沈尹默、刘半农九首诗的 1918 年 1 月。显然，作为《白话文学史》作者的胡适，深知"白话诗"与"新诗"在观念、精神和美学追求上的不同。他在 1917 年 1 月发表在《新青年》上的《文学改良刍议》被认为脱胎于美国女诗人洛威尔的《意象派宣言》，而意象派运动其主要旨趣在于解放英语诗歌的形式和语言，尽管他的代表人物庞德据说受益于中国古典诗歌的翻译。

但毋庸置疑的是，新诗承续了发端于 18 世纪以来世界范围内的诗歌自由化趋向，其背后蕴藏的历史人文内涵和深刻的人类精神走向乃潮流和大势。百年来，世界和中国都发生了许多亘古未有的大变化，人类在苦难和荣光中创造的无数诗篇，成为记录人类心灵和精神变化的珍品。尽管至今尚有人对新诗做出实验失败的定论，近年旧体诗创作日隆，也大有复兴的气象，但无须争辩的事实是：首先，新诗是个伟大而粗糙的发明（沈奇语），它无愧于百年风雨沧桑的砥砺磨洗（张清华语），你即便说它不成功，但也不能无视它有成就（桑恒昌语），穿越百年的时光隧道，战争、天灾、人祸以及正常或不正常的生存考验，新诗已经成为现代人重要的灵魂洗礼和精神救赎的载体。熊辉教授在《纪念新诗百年》中认为百年新诗的发展，最大的成功是确立了自身的文体优势。分行排列的自由书写成为承载现代人情感和思想的有效形式，而吕进教授把新诗看作"内视点"文学的主张，为现代新诗内在形式的确立提供了理论依据。其次，新诗采用大量口语和白话进行书面转化，使古老的汉语焕发出新的生机，重新把优雅与深邃找回，其在唤醒和复活民族灵性上体现出无可替代的前景。最后，我认为新诗与社会思潮与生俱来的根性联系，使其始终勃发着一颗求新求变的魂魄，百年来，它对于中国人精神的塑造居功至伟。

当然，一个百年的文体也许还处于未完成时，尽管许多文学史、诗歌史已翻来覆去根据不同时期的政治需要和个人诉求做过这样那样的修订甚至重写，事实上，所谓百年我们也不妨做模糊的理解，百年新诗也许尚未走出自己的青春期，业已形成的传统还显单薄，无论是文本本身还是理论批评范畴都面临着很多需要解决的问题。新诗不是"作诗如作文，作诗如说话"（胡适语）那样简单，断然不能把一种精神倡导理解为实践指南，正如不能把"下半身写作"理解为"写下半身"，把"口语写作"理解为"口水写作"。尽管民歌民谣给了自由化写作最初的滋养和激发，成就了彭斯和华兹华斯等不朽的歌唱，但新诗随着现代思想的传播，不适合进化论的艺术需要坚守和弘扬的恰恰是最初的和最原始的人的精神和梦想，最本真、最本质的感动。新诗突破了古典诗歌"触景生情"和"睹物思人"的套路，注入了"以思触诗、以诗触思"的感悟和体验，形成了"缘情言志寓思"的现代模式，这些皆赖于中西文化交汇中英美的浪漫主义和法德的现代主义诸流派的深度浸润。但一个文体既有它自我革新和不断蜕变的免疫能力，也有自我阉割的自杀倾向。如今，经历多层磨砺和戕害的新诗呈现出精神伦理和艺术审美上的诸多问题，"生底颤动，灵底喊叫"（郭沫若语）极有被废话、脏话淹没的危险。我在《百年新诗的"三度"迷失》和《当下诗歌创作的"三化"警示》两文中做了解析和指认。据此而论，吕进教授提出新诗的"三个重建"和"二次革命"多年，在展望未来时的确应引起我们的深思。

时光如白驹过隙，对于天地历史而言，百年不过弹指间的一个刹那，但于人于事，一个世纪毕竟暗藏着天翻地覆。适逢新诗百岁，借此数语，聊寄祝福！

目 录

- 001　眼睛和心……
- 002　齐普里安·波隆贝斯库
- 003　匿名电话
- 004　冬夜的行走
- 005　老人与海
- 006　阴谋与爱情
- 007　一片光明
- 010　战争与和平
- 012　远方之远
- 014　当我老了
- 017　摩特芳丹的回忆
- 018　威尼斯之旅
- 020　水边的阿狄丽娜
- 022　葡萄园
- 023　琴的罗曼司
- 025　大地珍珠
- 027　花园中的圣母
- 028　吞噬你的灵与肉
- 030　外岛

031　亚尔德·叔本华
033　奥古斯特·罗丹
035　尼古拉·特斯拉
037　彼德·柴可夫斯基
039　保尔·高更
041　阿尔伯特·爱因斯坦
043　欧内斯特·海明威
045　奥季赛夫斯·埃利蒂斯
047　亚伯拉罕·林肯
050　自冰海沉船以来
051　海外的夜莺
052　打在卢浮宫的问号
054　圣诞小语
055　难以命名的动物
056　重温普罗旺斯
058　来者
059　我的女人枫丹白露
061　三只鸥鸟飞出果戈里肩胛
063　特朗斯特罗姆的半扇窗子
065　苏联老相机
067　随白天鹅散步
068　京都低温，小雨……
070　海、河与圣城
072　意外的来信
074　给遥远的幽居者
076　西太平洋与印度洋之间

- 078 在希腊
- 080 问那不勒斯
- 082 神圣
- 084 伯尔尼高地野景
- 086 涨水的赛纳河
- 088 站死的约书亚树
- 090 银蕨
- 092 黄金海岸
- 093 入埃及
- 095 撒哈拉之夜
- 097 拜占庭草谱
- 100 古堡幽灵
- 102 灰暗中的海星灯
- 104 吃圣诞
- 105 古寺丽影
- 107 极尽视野
- 109 宅
- 110 印度门
- 111 早晨好,加德满都
- 112 忆博斯普鲁斯海峡
- 114 夜宿维也纳郊外
- 116 布达佩斯的多瑙河
- 117 画鸟和喂鸟的纽约人
- 118 西西里的弯曲小道
- 120 蓝天邈远如飞
- 121 夜雨后的清晨

123 马赛马拉草原
125 卡萨布兰卡
127 弗拉明戈的烈焰
128 美酒在河谷里流淌
130 物质街
131 赞美一位叛神
132 一人高的教堂
134 细雨中的有轨电车
136 神地仙址
138 在夜海滩的松树下看世界杯
140 巴尔干乡村
142 纽约散纪
144 尼亚加拉瀑布演义
146 寻思北美原住民
148 盲飞

眼睛和心……

劳洛勃丽吉达化身吉普赛女郎,
跳跃在巴黎圣母院广场,
你的韵味藏进我暗暗忧伤的梦里。
中野良子和栗原小卷,
一个鼻梁挺挺一个长发飘飘,
跑动在富士山的情节中,
你们的爱和怜悯收进我连续的梦里。

苏珊娜你扮演的简·爱真不简单,
走在冷漠孤独中却自尊自强,
我欢喜简·爱也欢喜你。
叶塞尼亚我记不清是谁扮演你,
漂亮泼辣的墨西哥姑娘,
我欢喜你也欢喜你卸妆后的她。

世界风情从窗缝中向我撩开,
我独自感动不能自已。
生活不是演戏演好了我也欢喜,
戏里没我的份只好单相思,
可是我该爱电影里美好动人的她们,
还是爱你们的精彩表演?
她们和你们覆盖了我的眼睛和心……

1979 年

齐普里安·波隆贝斯库

海风吹响一曲长长的音乐，
骑马的民族英雄，
　　受伤的腿和马蹄踢踏波浪。

斯特凡大公点燃火炬，
升腾为漆黑的大海上的月亮。

聆听你鬃毛扬起的叙事曲，
在你胸中的灯火阑珊处，
　　跳跃着罗马尼亚的狂想。

1980 年

匿名电话

人的仇敌，就是自己家里的人。
————《新约全书·马太福音》

一只蝙蝠，黑色精灵，
有些像上帝发出冷笑声，
从混沌之中传来……
话筒中埋伏着阴森的表情。
放弃那只风骚的金苹果——
第三只手，
已经伸进窗子。

一只蝙蝠，黑色精灵，
被怒火烤了一夜。
有一个人在半空中，
咀嚼着什么，
门牙已经生锈。
一种霉变的情绪，
渗入双人床的关节，
天晓得。

1982 年 11 月 18 日

冬夜的行走

冬夜的骨节在跃动
远方的路，弯长的蛇
经过的羊圈是炉子
经过的月亮是炉子
星星火花，遥不可及
你不能到牧人的家里取暖休息

为什么不怕寒风，不怕路远
你的心脏交在了炉子里
牧人是点燃炉子的原火
他做引导，舍得灵魂伴随你
冬夜像愚人节，拦不住爱的愿望
你这只羊羔在行走中远大

1983年冬读《约翰福音》

老人与海

一声枪响
震得全世界鱼腥
只有海明威全然不觉
半瓶威士忌下肚
衔着大烟斗
斜坐在钓台上安然长眠

他的宝贝孙女
性感的玛高克丝
一条倾国倾城的美人鱼
从海里爬上岸
在他喝剩的半瓶烈酒中
放入海底的冰块

眼都不眨地一饮而尽
醉成迷惘的一代

1984年1月

阴谋与爱情

> 莎翁啊,你是位捏造阴谋与爱情的伟大的戏剧家!
> ——题记

哦,可怜的奥菲利娅,
谁让你把命运的花环往杨树枝上套呐,
树边的河里水怪正张开巨口窥视。
为了疯前的哈姆莱特吗?
那你为什么将信物项链硬还给他。
王子因为复仇雪耻才装疯卖傻,
由于失恋才犹豫不决。
一心改变绝境的人都愿意舍死求生,
注定活不轻松死不安心。
哦,可悲的哈姆莱特。

该死的哈姆莱特,
你竟然误杀了情人的父亲。
幕后本该由克劳迪斯充当剑下鬼,
可多管闲事的大臣却做了替罪羊。
杀父之仇连你自己也不肯化解,
对耶稣对任何人忏悔都得不到宽宥。
你生,你死,都是问题啊。

当你沦为情人的仇敌,
把一个痴心的弱女子激疯了,
真疯了一会儿笑呀唱呀一会儿哭的。
她已和杨树枝一齐跌进河中,
被水怪狂虐地咬死,
化作美人鱼漂游于绿波。
一切悲剧尽快了结才好,
爱情遇到阴谋总是先疯后死。
嗳,可怜的奥菲利娅。

　　　　1985 年

一片光明

揭开世界地图的被子早早起床
窗外一片光明
梧桐树一片光明
枝杈树叶树干一片光明
褐色的悬铃串一片光明

悬铃串的绒毛饱含温馨
让心脏里头一片光明
从这儿一路向西
天与水越来越清
希腊罗马法兰西一片光明

去印度伊朗埃及和君士坦丁堡
我会联系自身的历程
提取深刻、广博和精炼的含义
一片光明的运动
让我有了爱与幸福的决心

覆盖我的地图一片汪洋
揭开它的花哨外形
从小刻在梧桐树皮上的生活痕迹

一片光明,世界的里里外外
前前后后一片光明

1985 年

战争与和平

> 认真看书学习，弄通海明威主义
> ——题记

那一年天色时好时坏，雪
来得迟，战地春梦中沿袭着炮声
中位先生，不，亲爱的亨利
圣安东尼像背叛了你的脖子，银质勋章
换下了袖口上的不荣誉之星
战争虽说是件私事，下雨却是天意，保证
"见票即付"。那么和体内的弹片永别吧
多喝几杯苦艾酒，船载卡萨玲
漂到瑞士吃早餐。那家咖啡馆
有一只爱翘尾巴的肥猫，腹怀死胎
满目凄迷，踩脏了坐标恍惚的老地图
迈着战前的老娘步伐

好样的乔丹，西班牙的桥生来
是你手中的鸡蛋，捏碎它你便走投
无路。叛军四伏。还想钻进鸭绒睡袋吗
逗逗长着好乳房的小兔子。玛丽亚已学会
接吻。然而人的想法一旦自主
生命便成了附着于身的乱毛，必须剪掉

被时间,被互相咬尾巴的两项原则
剪掉它你的拳头便被裁判举起
近三天里马德里无战事
那丧钟倒底为谁而鸣?乔丹
你为谁在三天里完成一生的媾和

非洲海滩上的狮子,马林鱼的
兄弟桑提亚哥的朋友,奔突在
帆的疮疤上,把"85"这个数字
打在勇士的死期中。弄死它,弄死它
和狮子样的马林鱼同死
而海也是打不垮的,她是你
唯一用来谈心的女人,满肚子不好不坏的
鲨鱼。弄死它,你们的敌人,弄死它
要是那跟屁虫的孩子跟来就成了
好老头儿,那孩子必成大器
死老头儿,你看,报纸上的垒球赛
又开始了……报纸未版的下端
躺着本世纪最大的,狮子。

1989 年

注:我对海明威的迷恋从1979年初开始,从15周岁到25周岁的10年间,在一个闭塞小城完全独自地、无人理解地与海明威的灵魂窃窃私语。海明威的小说代表作《战地钟声》(主人翁亨利、卡萨玲)、《永别了武器》(主人翁乔丹、玛利亚)、《老人与海》(主人翁桑提亚哥,还有马林鱼及一个男孩),对我早期文艺观念的形成具有重要影响。

远方之远

当天意
暗到什么也看不见
光线从眼眶消失
从脚趾间穿入梦境
黑封皮的圣经打开通道
无形的箭矢朝每一个远方发射

一束语言的隧道通过埃及
带走犹太人
渡过地中海
登上沙漠和石头的海岸
筹建上帝的乡土

在赞美诗和颂歌的节律中
天穹打开
放下千万条半透明的光梯
地面也打开
沙土、海洋和石头变成航道
心脏捶开胸膛，血泊里驶出葡萄牙船队

当律法打开我的视觉
往昔的通道变成门窗和护栏

方位感全都失效
我，越过现实的大脑
凭思考、想象来开展远方之远

将来所定义、行走的远方之远
在脚趾末端的拉丁美洲
在静脉回血的方向
在那个太阳和公众视野的反向

放缓心跳的次数
测定远方之远
一部小我的创世记悄悄
驾着一线之天迈向远方之远

1989 年

当我老了
——致威廉·勃特勒·叶芝

当我老了,眼花耳聋了
看不清毛特·岗的探戈舞姿
听不清缪斯姑娘的抒情歌曲
我就将夕阳牵在身边
和她聊天、娱乐、缅怀将来
漫步于茵纳斯弗利岛
动情时抚摸她渐凉的耳垂

呆在丝瓜架下小饮几盅高粱酒
想象又一个她对我的关怀
完整的光芒不会落山,我没事的
力所能及,种菜或者放羊
为她的小屋弹吉他、拉胡琴
等候她书架上的爱神,她的化身
说几句宽心的话为我简单送行

1990 年

摩特芳丹的回忆

艺术就是爱,而不是恨
——(法国)柯罗

爱情海你摇曳着海伦的梦吟　将神话
　摇出夜晚　太阳吐出唯一的金苹果
碰碎冰岛　炽热的光彩
流过稠密的人群和红顶农舍
　从细瘦的河谷　教堂　葡萄园漫过
断墙残壁中荟萃了语言的燕子
每一只都是另外的我　来自
奥林匹斯山脉　还原成人间烟火
　在如此青春的庄园里我踩动水车
　给双季稻田和心上的生活斟满琼浆
高高的山坡上　牧羊人搬起巨石
垫在灰鸽子和绿野鸟的脚下
牧场在溪流的抚慰中窃窃私语
会飞的动物都是我的亲友
在我的头顶和膝盖起起落落
　天空开着水银花
　花叶上跑动着胖脸的天使
一阵风吹来　一阵阵风吹过来
树林里响遍麋鹿的喘息和胎音

眼前拿镰刀的农妇在瓜秧中刈草
红裙子将毛毛的雨水分开
淋在不同的禾苗的嘴里　那一块田熟了
将两个小女孩的发辫标上草莓和树菌
而在大榕树下的篮子里
　又积满了女妖的福音　我的贝雷帽
就从树桠上投给湖面椭圆的倒影
这是身披浮萍的女妖的舌头
教白天偷情的鳗鱼搅起波浪
　只有山羊精不争风吃醋　低头觅草
　沿湖岸咀嚼荷马的琴弦
雪天我上山打猎　无论空满
归途中总听到鸟巢跌落湖水的声音
更近些听到蚕丝摩擦树叶的声音
再走一程我听到农妇腹中美满的呢喃
　女孩子们在轮流吹响长笛

（大女儿苔丝嫁给知识分子克莱
二女儿简还在南方神学院读书
下面两个小甜妞爱在我的背上做游戏）

两场雨之间　与旭日吻别后
我驾着马车去雨果小镇或巴尔扎克城
将收获出售　换回满车星辰
经过纳尔尼桥时夜莺又梦见精灵
林荫间海伦的身影不时闪现
敞开的胸脯上跃动着鲜亮的金苹果
　一只蜗牛手一样伸过头去

夜莺撒了句谎"这是美"　便隐身
于旋风　而蛇一样缩回的是
　　另一只贪美的手
　　它触到了箭头　闪电　罂粟花
马车忽然打转它听到一种声音
马蹄忽然尬起它听懂一种声音
鸟巢跌落湖水　蚕丝摩擦树叶
"这是美"　美不胜收
我拍了拍被旋风隔开的双手
　　扬起马鞭　扬起马鞭

1991 年

威尼斯之旅

驼背桥下　裤歌碧清地淌到人家
　　鸥鸟斜翅滑向钟楼
使晚宴在赞美声中婉然漾开
　　楼房　将很长很长的灰色　暗红色
　　铺给光溜溜的台阶　仿佛往事悄悄来临
那佩戴亚得里亚海海星的小洲
　　就是面包师杰米的家　小酒楼
　　在它身边通宵明亮着红郁金香

那假设的栅栏　让鸽子也能
　　并肩散步　哼着称心的小唱
　　好像羊毛引诱冬天的皮肤
好大的雪扬扬洒洒的雪使光明
从白天坚持到黑夜
一颗蓝宝石走下圣诞树来
　　告诉每一间小屋　天堂
　　就在人间

风大却不冷　舞蹈围着一对新人
装着婚龄的陶罐
摔成五十瓣　街灯
　　将中国丝绸照得雪亮

"每一个新生和复活的故事
都在漂洋过海
到壁画和雕塑中流传"

1991 年

水边的阿狄丽娜

昨夜　和弦又扣响月色
晃然出头的珊瑚　顾盼帆影
秋水将夜航之心涌向云边
涌出了阿狄丽娜　浅披海浪　淡隐行踪
她那副水晶花的品貌
从吹螺人的眼中亮起幽蓝的星相

在那众魂迷恋的三角之湾
阿狄丽娜无翅而翔　忽隐忽现
避开叫唤的海鸥和飞鱼
与云上的神灵沟通
当霞光洒进过酒神节的村寨
她落到草地　体态水色荡漾
一群裸女醉卧在她的身边嚼草做梦

我等在这儿骑着海岸眺望
那些裹着美臀的草裙　这些葵花丛中
支着的玉腿碰倒了港口的花瓶
我眼睛看花了　耳朵听麻了
先让我突破堤网　去海盆底下捞取扇贝
拉上阿狄丽娜　乘坐它飞游神境

无论地中海　还是红海
我几经溺水写给海浪的情歌
都值得她唱　使她醉倒于自己的妩媚
我俘虏她的手法是改编神话
让她在感动中变成我唯一的女神
潮起潮落　伴奏肉体的舞

除了阿狄丽娜和我的幸福
还有什么歌值得一唱
当爱情伏在我脚边神话自动消失
还会有什么浪潮涌进门槛
我的铁鞋完好无损　不用寻找
阿狄丽娜　我该挑选哪一块
空心的钟乳石　扣响阳光的回声

1991 年

葡萄园

幸福之岛由远而近
又酸又甜的一群

空中飞的　海里漂的
架子上爬行的
摘取未摘取的
在护园人的手心

以水为腹的邮递马车
蹲在巷口
斜逸出　一节青藤

安达鲁奇亚　塔斯坎尼
西班牙和意大利两块松动的地皮
包着酒精的火星

将有雪亮的狐影
出没于中古的后院
这样颤动的表达
恰似三大半岛的明天

1991 年

琴的罗曼司

有时　我的另一扇窗子里
静得全无色彩
连毛发也让寂寞拔得稀拉
骨节支棱着夏夜
支撑一把琴　悠悠着岁月
悠悠得门槛挡不住雨水
我多次泅渡亚马逊河
试探风险之道
缘木求鱼　听任
一河的幽灵啃尽香草

琴已面壁多年
为自我信仰扣弦问天
问得一把斧柄愧对森林
问得我口含琴声　心无寸言
看琴的喉咙又富于生气
掠过水面　山顶的舞蹈
引来雨燕的回声
不　我是在鱼鹰的腋下
沐浴圣乐　抗击病菌
洗涤窥视金银的用心

我曾为琴编造过蜘蛛的网
网罗大多造成了窒息
那些远离动物性质的植物
在网外活着　无忧无虑
曾经有过的盟约毁于冷漠
我吐出热情　把琴咽下
把招致的爱与愁压在舌底
持续十年　二十七岁
我才从琴的眼中夹缝求生
从古希腊石像的口中哼出民谣
轻细　复沓　情长无词
在恢复灵感的夏夜
在比虚假还要真实的半夜

　　　　　　　　1991 年

大地珍珠
——致珀尔·s·巴克

一百年前有一个女婴
坐着襁褓的船从大西洋岸边的农场
漂到大运河岸边的清江浦
随父母过起了传教士家庭的生活
我应该叫你珍珠奶奶
十年前，我为了寻找圣经去过你的家
那是你的汉语摇篮我的思想学堂

我当时十八岁，是个文艺少年
喜爱看美国书籍和电影
却没有读过你的大地三部曲
我想认识上帝和耶稣
摸到你家的老房子时早已是物旧人非
你闺房外的教堂破败褴褛
唯有新版圣经的封面像黑皮大氅
幽光闪忽着你的才智体香
珍珠奶奶，我在心里叫你珍珠情人

等我读过你写的书
加深理解自己的农业主义家园
你已经躺在宾夕法尼亚的白蜡树根下
过百岁生日，光滑的墓石

刻着你的手写体汉字——赛珍珠
像回不了东方故乡的中国结

牛耕的土地肩挑的农民教你理解中国
搭起一座中西天桥，让那边的洋人
认识苦难不幸的国度和人民
在二战的炮火中送来同情和力量
可我们，淡忘了你直到现在也不熟悉你
大运河岸边的小城更不知你为何物

你怀揣美国和中国双重国籍
走进1938年的斯德哥尔摩王宫
领回从苏皖泥土中刨出来的诺贝尔金牌
获奖的内容、理由都是中国
可谁知道你付出多少的悲悯和爱
我们在热烈追逐诺贝尔奖的世纪梦想

我的珍珠奶奶，珍珠情人
总有一天，我们都会承认你
接受你为大地祖母

   1992年6月赛珍珠〈1892-1992〉诞生百年

花园中的圣母

太阳单单升起来
清晨的太阳升起来了
升起来了给大朵的玉兰花
一些柔情,一些光晕
太阳升起来像嘴巴一样喘着气
她的白纱衣裙
镀上橘红的金边
玉兰树张开天使的翅膀
太阳升起来
她低垂眼睑的身影
升起来了地面才分出
花园以外的景象
花儿们才懂得,光中有爱
圣母最美,最美

1993年

吞噬你的灵与肉
　　——致巴西作家若热·亚马多

巴伊亚州老船长，我长了胡子
现在可以说了我早在你的迷狂故事里
迷上了一位混血的姑娘玛塔
她被你编排在瘟疫和饥饿的道路上
那时我十三四岁，为她的遭遇难过落泪
羡爱她的美乳却又爱莫能助……
只能回过头来爱你，若热·亚马多
爱你热血沸腾的一段段故事

加布里埃拉、康乃馨和桂皮
三个名词合成拉丁美洲
缔结你这位可可园牧师的声誉
你无边的土地，拿出现实主义的黄金果
把长着好多乳头的仙人球
放到我枕边给予少年渴望极了的光和汁

岁月蒙尘，没什么心腔给你作回声
唯有我痴，保留一只旧木橱
珍藏你几本长了绿毛的长篇小说
从 1977 年做你的书虫起好多年过去了
我重读巴西，舔舐你的一脸浮尘

露出人物形象下的鲜美情节
又一次，吞噬巴伊亚州老船长的灵与肉

1994 年

外 岛

在奥克兰海边
往往看见一滴月光发生多次潮汐
浪纹里的海贝大如帽子
月亮特别大

往往看见海贝里的隧道
通往南北两级
冰山和冰川活着隐忍的生命

身处原始森林的一名人类
不依赖族与族的利害
往往看不见他从一滴血的内因中走出道路

奥克兰保全独有的物种
帮他抚养了一群绵羊一堆情侣
往往不理解他把一个外岛当成精神家园
他本一国，心脏做国王

1994 年

亚尔德·叔本华

那是谁,心陷雾霭中的微弱光线
对秋风中的花朵痴人说梦
与凋谢的夕阳一起手舞足蹈
那是什么意志,浸润宇宙
经过淑女们的窗口
使窗帘随贞洁的表象滑落
那架撑破了经院哲学的身体
是怎样奇形怪状的容器
盛着孤僻、狂妄和不合时宜
遮住了费希特和谢林的光芒
闷死了黑格尔那只理性的鹦鹉
看看德意志的蓝天上
谁是不朽的灾星和福星
谁在悲观的情绪中
涅槃成了光荣翘起的尾巴

亚尔德,出门怎能不带雨伞
走向意志的路,远得不见人影
污泥浊水浇淋你怨谁
无尽又无良的,凄风,苦雨
透过皮肉,对永生的烦恼而存在
永不消失的噪音随月光

渗入黑夜的意志，对灿然的
智慧而存在，永不合眼的枪管
填满了怀疑和复仇的火药
对阻碍意志的囚笼而存在
只有意志柔和的小狗
与你相依为命，对于你的独身
对于你三十年寂寞而存在
当所有的翅膀飞出神秘的意志
所有树枝开满情感的花儿
所有的果子，便落在了
你命中注定的垂垂老矣的阳台

那一天早晨，从梦中醒来
你那颗鬌发纷扬的脑袋
耷拉下来，停止了心血来潮
相同的愿望使人们开悟
领会你的意志，为后觉的世界发言

1995 年

奥古斯特·罗丹

这是一个夜晚的冬天
巴黎的大雪
被反锁在盖尔布瓦咖啡馆门外
一盏气灯雪亮着
每颗心的表情被照得鲜明
法兰西艺术的最后印象
被刻成一张愁苦的脸
奥古斯特坐在冥想之内
像一块生硬的石头,拒绝着
马奈的不安和忧郁
德加从罗丹那火红的胡须中
感受到大雪的渐渐融化
气灯也渐渐黯淡了
朝霞从窗子穿入罗丹的肩旁
雷诺阿的金发闪烁着愤懑
那块石头站了起来,挥一挥手
独自走出失落和自卑
回家去安慰饥饿的雕塑

那一天的气色瓦蓝瓦蓝
灿烂着春情的栗子树像群雕
活跃在塞纳河的风景线上

罗丹挽着心爱的小猫罗斯姑娘
在旧马厩里进行永恒之吻
勉强的炉火，使丰满的胴体
热气腾腾，熏蔫了法兰西学院的荣誉
谁在遮羞，谁在毁坏
干脆扯掉布纱天天接吻吧
为爱一刀刀地雕琢
可是，动荡的人民难以造型
挣扎的灵魂怎样起飞？

谁以牺牲闯进地狱之门
给予加莱义民投降的钥匙
交给无底的恐惧和深渊
苦海余生，度过青铜时代
坐在魔鬼的对面思考
煎熬，熬到圣坛上的花瓶
自动跌落。奥古斯特
你举着巴尔扎克的断臂
像举着最毒的刀刃
加速了长老们的腐烂运动
奥古斯特，你平民的英勇气概
不过是粘土、石膏和青铜
合成的人曲，却还原了
鬼魅所惧怕的人类

　　　　　1995 年

尼古拉·特斯拉

在物质的宿命中
你找到神火
人间的灯和天堂一样明亮
每一牛顿的人力
含有你做梦的成分

一切的创造来源于灵思
你射出一束激光
穿过太空外墙的虫洞找到无限
你从显微镜下找到了
某个细胞趾缝间的私密王国
你的手工闪电宛若丝绸的爆裂
打着迷人而惊悚的雷霆

在美洲亚洲的不同角落
晨雾消散时,鲜艳的美人们
裹着娇气和忧郁,向你的无线电波
诉苦。你被打动,用视频复活了她们
亡故的亲人。在你无限长的袖笼里
机器人破解了人的密码
长出导弹和原子弹两只毒瓜
比天降洪水更加震撼

你用一连串的顽皮实验
发现了现代世界
指明了未来生活
那些个院士、博导、教授
混迹在你的几张手稿中
为一道多解的方程题晕头转向
不知把脑袋往哪里放

尼古拉·特斯拉
你做着上帝的兄弟或化身
为调试这个宇宙的思想
经常熬通宵做实验
温柔的情人第四次给你端来咖啡
你丢开手稿和实验室
往她脸上涂抹空灵的诗意
天上的文曲星们跌下来
变成在你窗口听课的小学生

尼古拉·特斯拉
上帝创造了人
你创造了人的智慧和力量
即使恺撒大帝和忽必烈
也得在另一个世界服从你
侍卫你的英灵

1995 年

彼得·柴可夫斯基

四季之内,狂风永不止息
在爱和烦恼中吹来吹去
深夜像伏特加的瓶子
砌成堡垒,抵挡零度的姻缘
隐逸女神为你接通天堂
复活着一处田园的安谧之梦
十多年的情书
是卢布和蜜蜂调和成的雪橇
载着与你不相称的童话
驶出浓雾和淫雨封锁的彼得堡
那些飞不出鲁宾斯坦
院门的雏鸟,再也不用你去作和声

到宽畅明媚的情怀中
吐出古典的碎骨
出没于仙女的森林和花丛
天鹅湖端在胸口
丁香花散布着优雅的预言
魔法与幻影,在睡美人的笑意中
破灭,一节节地牵动着
伏尔加河的情感,这如歌的行板
是奔流不止的岁月和意愿

每一根任性的手指,都与空洞的
雷声不协调。你弹奏的是
热烈的不能谱曲之爱
如同地心的响潮所向无敌
淹没教堂的圣乐,冲决了沙皇的
老门槛多么让人惊慌
听我说,害羞的彼得,亮出
你的黑桃皇后。巨大的托尔斯泰
在不住地擦眼泪,在你
琴键的跳动中在你每一张失恋的牌上
读到了,俄罗斯的苦难和忍耐

不安的游魂
悲怆的交响曲

1995 年

保尔·高更

海风和情欲,从香椿树的腋下
发出刺鼻的声音
散尽的人烟后出现土著女人
梦魂逃出巴黎
骑着白马的尾巴进驻野岛
红色土地上
蓝色影子被处女之血披盖
引你步入完好的纸面
在塔希堤,河流舔遍芳草
哗哗哗淹没沙龙的深井
晚霞的彩光涌动如密密的虫子
高更的情欲揭开画布
提前睡进黑夜

我们从那里来?
我们是谁?我们往哪里去?
一块稀土中的颂歌与疑问
领来野蛮的主角
在天与地的眼皮底下
跳野山羊的裸舞
狂乱,单纯,如新娘的内衣
蒙住文明的脸蛋

欺骗可怜的神情恍惚的梵·高
为一朵萎靡的葵花
丧失恼怒的耳朵
诡诈的保尔，我不傻
我像梵·高一样气愤你的阴谋
把脚跟放在月光下
与脑袋保持同样的色调

先不管你何去何从
我愿为红色祷告
为紫色和黑色说几句客气话
为你情人的来临，备下
成熟的线条，骨骼与精神
请你同进晚餐，同叙异常的梦想
可我不是你啊淘气的保尔
你对一棵长花的青草
都会口出狂言，疯狂涂改
我也不是那法国殖民地的烂泥
不会为你的几种颜色献身
去赚取巴黎的瞩目

我欣赏你后来的姿势
来去有踪，牵挂现实和动物
一天到晚透视画布，厉害于思想的美
从红得发紫的情欲中
抽出理性，抽出一心一意

1995 年

阿尔伯特·爱因斯坦

当伯尔尼大街的人流中
滚出世纪初的一辆婴儿车
手扶车把的年轻父亲
目光深沉,口含一枚青果
咀嚼着果核的滋味——
是啊,隐藏在果核内里的东西
何时能暴露本质呢?
婴儿车颠簸着,滚遍了
早中晚的欧洲人生

奇怪的时间,在黑暗的隧道里
分割房屋、磐石和生生死死
可人类的蒙昧祷告
在深夜几点卡了喉咙?
一切的灯塔照不透浓雾之谜
海鸥的翅膀被海浪打伤
幼弱的人类啊
用什么公式来强壮自己

手推车里的婴儿被颠醒
长成激情的飞碟,以光速飞离
牛顿的引力,叩开时空的

——再生之窗，端出无数的海洋
和星系。这是鹞鹰口中
吐出的闪电，富含生活的细节
在衣食住行的光阴里
让天堂务实，为众生醒智，降福

悲悯的爱因斯坦，你磨破
下颌的提琴声在忧虑着
自己的犹太民族，那些焦土
和白骨，继续被科学原理
烧成灰烬，褴褛的丧服
怎能包扎得住你征服自然的遗憾
怎能搭起你避难的帐篷

壮丽的爱因斯坦
你对地球和太空那么博爱
那么游刃有余，对自己的一副
傲骨常常不能从容安排
相对电磁场里的和平鸽
相对硝烟和灾难中的人与动物
你操持着原子核的裂变
以客观、理想和光速
奔驰

1995 年

欧内斯特·海明威

你双管枪膛内的子弹其实很少
一生对着一个含蓄的目标
对着自己粗口的嘴巴
多数的时候你用板斧和拳头发言
大群大群说英语的狮子
闻声溜进丛林,你板斧一扬
砍尽华丽的树枝,剁下
狮子的尾巴,回家对女儿
说故事。无数的危险
围向你的肩胛,你空无
一物的枪口幽幽发光
伸向肩后保持着优美风度

镜子里的老脸像一张渔网
漏洞百出,威士忌泡烂的拳击套
从来没包住过怒火
头痛的无眠之夜
无药可医,战争这一场
好斗的疾病更不可救药
用拳头跟它们拼吧,拼总是好的
拼就是完整的美德和原则
枪林弹雨从你的腿、脊骨中

灌进了绝望和勇气
等待死亡取出它们

谁像你为磨亮一个真实的句子
放出一只鹰隼冲高入云
俯冲坠地，弄得遍体鳞伤
扳平了日子和艺术
使上帝无言，使一个真实的
活人，敢于和一群鲨鱼的饥饿
对抗到底，最后摔碎酒瓶
空空一拳打出像投出一枚哑弹
砸碎鲨鱼那血红的牙齿
和虚幻的道德的形容词

1961年7月2日早晨
花花绿绿的美国诱人依然
你的双管猎枪朝天开了一枪
朝自己的嘴巴开了一枪
你撒手后的大海空空荡荡
白雾茫茫，失去硬汉对手的鲨鱼
又搅起黑浪，静静的水下
隐蔽着八分之七的迷惘

1995年

奥季塞夫斯·埃利蒂斯

比神话的呼吸更悠长
是处女陶罐里吐出的海风
吹拂着光阴的沙滩
海豚、贝壳和鱼类的大小祭司
登上岸来,谛听新的经典
——防波堤的恋歌
你散步在海岸,手握各种传说
历数那些汹涌的史迹
片刻的凝思,变成一道金光
让石头的残庙接近天堂
拥有新的边际和妙幻
克利特岛的石榴发了疯地早熟
从半人半神居住的庭院
伸出枝丫,接受民女的采摘
和海风关于希望的承诺

那是你的琴声,大海的私语
从海伦的乳峰上响起
从夏季的初夜唤来悠久的帆船
梭巡在城邦之间
提炼一部蓝色的修辞
你这位太阳的代表

被阳光雕琢过，被爱浸透过
被竖琴声洞穿得清澈无物
一把超现实的剪刀
为现实的阿波罗与基督剪影
把天空的星辰
剪下来献给海鸥和情侣
赋予它们雅典的品格
和暴风雨的智慧

埃利蒂斯，埃利蒂斯
在同一期春天的空间中
在十五年前的夜晚
在太平洋西岸电闪雷鸣的小窗内
我的心脏涌进爱琴海的潮汐
那是我初恋的象征
扬起鬃毛奔跑在冬春之间
向你求问抒情的秘诀
埃利蒂斯，缩近太阳与海洋的歌手
引领天使往返于云壤
让希腊变得比希腊更宽阔
让爱琴海在你的灵感中流传成
新的疆土和方向，海风劲吹的爱琴海
是你的我的蓝色火焰的爱情海

1995 年

亚伯拉罕·林肯

放牛打柴的林肯
怀抱家庭和荒地的林肯
我正在用钢锯切入树林的声音
用锄头切入冻土的声音
怀念你，怀念一位兄长与英雄
是你魂绕在印第安纳的田头
手扶锄柄，用心脏的光焰阅读
伊索寓言，那目光多么忧虑
瞭望南方天空的乌云
橡树园和农场在皮鞭下颤抖
玉米兄弟和麦子姐妹日夜呻吟
黑皮肤的南方啊，你们可看到
林肯的锄头对准了你们脖子上的毒蛇
等他长大成美利坚的那一天
一切毒蛇将被斩头除尾

顶风冒雨的邮递员林肯
满脸笑容的售货员林肯
驶向港口的船夫林肯
伊利诺斯的坑洼和荆棘被你踏平
自由的潮汛随你的双足流遍海岸
偏远的乡村风景里流动着

你粗手大脚的剪影
红发少女守在你一时迷向的路口
代表青春和芳心
对所有的北风耳语,亚伯拉罕
亚伯拉罕,你要蓄满胡子
让瘦削的脸庞长成森林和山脉
最大面积地吮吸阳光和雨水
所有的邻居和我的家人
将选你做美利坚的保护人

爱打官司的律师林肯
爱举手表态的议员林肯
爱联邦利益胜于生命的总统林肯
看着分离的家园硝烟弥漫
波托马克河水血红血红
汤姆叔的小屋发出四百万声
揪心撕肺的哭喊
亚伯拉罕挥出铁锄的巨掌——
凶猛的秃鹰,羽翼发射着人权之光
冲散南方的滚滚乌云
啄开橡树园和农场的锁链
啄死毒蛇,啄毁蛇窟
黑皮肤的南方被阳光洗尽
污垢和屈辱,被铁掌解放

美利坚,被谋杀过的大陆
光明的大陆,在战火中天天健壮
你秃鹰的灵魂在橡树岭上永不牺牲
美利坚,红发少女的芳心

在自由女神的火炬中永不熄灭
他们是人民，为爱和自由劳动
播种更多的爱和自由
他们是林肯，人民中的人民

亚伯拉罕，亚伯拉罕
你的美髯飘拂在所有山脉和森林

1995 年

自冰海沉船以来

冰冻了，雪凝了，手心痛
黑白胶卷转动，拉出一艘大船
撞上了冰山，歪斜，下沉
南京电影院惊叹——海浪打湿了眼

冰消，雪融，手背暖
彩色胶卷转动，拉出一艘大船
强烈的幻景和音响
撞击上海电影院
天花板和吊灯晃落下来

自冰海沉船以来
1980年和1998年观看的两场电影
隔着感动和娱乐两种心情：
从前向死难者致哀
现在向杰克和罗丝祝福爱情

我目前坐在南安普敦的剧场
观看一场歌舞演出
一对男女，杰克和罗丝
在演绎泰坦尼克号
笑眼盈盈，眨都没眨一下

1999年

海外的夜莺

灯火和金银碎片揉捏她的胸脯
飞吻中飘着葡萄发酵的气息
她的眼睛像赌场的筹码又大又圆
曾在三家夜总会闪烁梭巡

黑色的士里钻出充血的脸
手提箱里的钞票流向深夜大嘴
街头,她摆出天使的姿势
向一个目标招手

新世纪的每一个夜晚
神和鬼早早在小费中睡去
她的金头发、黑头发和亚麻头发
纠缠着某一种乡病

她不忧愁,背对大海面向男人
施展销魂的美艳
她一夜关上几个房间的窗帘
快乐歌吟。家乡的人不会看见听见

2002 年

打在卢浮宫的问号

奇珍异宝
被几个问号搅得不安:
希腊罗马埃及叙利亚伊朗和中国的宝贝
怎么跑到这里?
抢盗、纳贡、交换还是买卖?

解说员替它回答:
世界有许多宝贝
过去的,塌了毁了震了烧了丢了
后来的,被抢了盗了贡了卖了
现在的,还在损失
卢浮宫用完好无损的珍宝
作证:保护才是公德

有人嘀咕,强盗,窃贼,奸商
一只明朝的瓷器打着釉光
问我:

听说老家那里大兴土木
还在拆迁铲除比我古老的建筑?
像我这么一点身家
哪敢回去面对轰轰轰的挖掘机

它告诉我
塞纳河水流淌几百年
没见过它改变流向和颜色

解说员举起手。请安静
这里是法国，巴黎，卢浮宫

    2003 年

圣诞小语

烛光把人们化成影子
融在咖啡的热气里
幸福的人子披着歌声的大氅
把雪白的糖粉
撒在有大有小的宝塔松上

快乐,快乐,享受快乐
停一停

有人在门外守夜
眼放电光
他不是你熟悉的人——
与灵物同在
寄居在烟花的碎屑里

继续快乐吧
门外的人也快乐

2007 年

难以命名的动物
——致一位日本友人

看见你披着博客的暖意坐到我身边
猫咪环着尾巴坐到我身边
收了犄角的白羊坐到我身边
凌晨的微光像毛茸茸的句子坐到我身边
究竟什么动物坐到我的被子上？

你啊，你缩小的想法，语言的细菌
钻进我骨髓，挤进我大脑，轻手轻脚
弥合我的内伤，把衍生物吃光
就剩一架骨头等着与你本人约会
你说，将渡海过来为我造型

看见啦，难以命名的动物来了
别动啊，我先做种子的动作
从很小的切口起步
进入你樱花的甬道，串起每寸皮肉
获得你的肉体、性格和味道

许多的爱说起来很快，深入到一种结果
抱紧彼此，还需要几十年温存

2008 年

重温普罗旺斯

蓝紫色穗子，风浪起伏
轻碰着细毛的眼帘
蜜香从芝麻大的亮点里溢出
油晶晶的印象中
有一只蓝鸟飞出薰衣草地
在阿尔卑斯山和比利牛斯山脉
之间沐河水，吃葡萄

美女小乖眷念家乡
叼着橄榄果串成的地中海项链
发缕飘拂，露水的瞳孔
忽变大，忽变小

有一只薰衣草枕头
把呼吸当成最后的浪漫来蒸馏
梦见一枚金币
在海岸上选择花蕊
用两面的光进入疑似对象的静脉
夏天了，一位画画的疯子
忽然变成情痴

普罗旺斯的腹部安了牛蹄

与错落在背景里的塔状鸽舍同时回转

断续的记忆负载着爱和被爱
从向日葵的月台
转回 1980 年的农业中国
送去多氧的阳光
晒干一个村庄的纤维
给我雨洗过的小乖系上腰带

随着早先及刚才的海风
薰衣草不断地摇晃
它的根没动,毛细血管收缩得紧
排斥口水和短暂的浮艳
它的根安静,接受原定的约会
不为变化的景象游移

普罗旺斯的腹部长了牛蹄
行走为缘,迎面而来的短裙长腿
错过了我放了红酒的薰衣草做的驿棚

2009 年

来　者

睡梦依托山尖
粉尘吸附在人的体表
蛋白吸附在血管的脆弱内壁

他动身来的时候
没有游走爬飞的生命
到达的时候你长出几根发须
肩上落了几星尘埃

于美于善，于存在于合理
形成一个磁场
远近的战栗在感应你

耳畔的嘀哒是来者的意念
不用理解，你信一个词：恒久

它从亿万年前出发
经过一只马槽
你听到时，声源久已质变

2009 年

我的女人枫丹白露

飞鸟把新做的梦铺开……森林地毯
库尔贝的画框松动,肥硕的臀摇摇而出
靠着一棵枫树。金发,红叶
百霜莹莹,滚圆的胸乳流着柔光
金风吹来,好黏

矮个子皇帝走下马蹄形门阶
伤离别
凄惶打湿白马广场
宫殿教堂在,各式建筑与花园在
绊倒公主的那块石头,在动摇
金风吹来,隔一会吹一次

法国意大利英国希腊罗马
互相嫁接……风景、五官和气质
宫女好,民女也好,来自初始的基因
关系到我灵魂的忐忑飞翔
金风吹来,好黏

枫丹白露的喘息触碰我鬓角
金发、丰乳、肥臀,红叶中的一样
够我拿整条命去迎娶

我为她死过三次
难相逢

不说了，我的女人枫丹白露困了
睡在我床上的墙上

2010 年

三只鸥鸟飞出果戈里的肩胛

农奴魂灵,农奴魂灵,死皮脱落四野
死皮叠成圣彼德堡的三只鸥鸟
飞出果戈里的肩胛

拽着帝国那条僵硬的大船
落在涅瓦河岸,游进夕阳的血泊
芬兰湾打个激灵
紧闭细长的冷冰冰的眼

不久以前
圣彼德堡的阁楼风雨飘摇
窗台上的面包屑是痴心人所放
风雨飘摇的时候不可能引来鸥鸟觅食

一辆载着毁灭的三套车跑来
石头路被马蹄踢得青紫
果戈里来到城里
独居在阁楼的玻璃瓶中

他天天不歇,说着狄康卡乡野的夜话
外套上画着一个无头谜语
挂在死魂灵的架子上:

三只鸥鸟。奴役，穷困，创伤

果戈里独居在阁楼的玻璃瓶中
激荡出更暴烈的风雨

三只鸥鸟飞出果戈里的肩胛
充当三种大脑，飞向芬兰湾外的水域
搜集肢解帝国的咒语

2010 年

特朗斯特罗姆的半扇窗子

潮湿木头。摸摸沾水的下巴
草味与泥味的蘑菇，得风得雪又得雨
维生素丰富，从北欧长到东方

小岛多寒，老房子关掉了一半窗子
湖泊和船在他半边身中行走
心眼里，流出几部洗练的线装文字
文竹一般沉默，用沉默
赢过二十一世纪的云杉红杉

自私的轿车，巴士的士，动车
或飞机，将大量尾气喷向中国各地
圣诞糕点里混进了泥沙

干瘪的拳头敌不过铁疙瘩
咳嗽声里，有的是好人读他爱他

玻璃清亮，不保留自画像
走太空到传统的通道，感觉还行

礼拜四下午，他接听瑞典学院的电话

平伸左手到半扇窗子的外面
摘取落日大的一只蓝莓

2011 年

苏联老相机

牛皮外壳磨去一些棕色
生黄斑的老脸
包住长方体机身。父亲的宝物
从他的大学到我的家庭
两个镜头幽亮,摄入过无数世故

打开取景盒,擦拭玻璃浮尘
眼里的物体变得清晰
挑起放大镜,贴身的东西显现
父亲遗像的领扣乌黑

机身内没有胶卷
从冰凉到温热的手感知道
它渴望被操作一遍,听到快门响起
——徒然的喀嚓声
从它胸中发出,在我心头震颤
它,一直没有放弃自己

半个多世纪以来的场景和人脸
都在这声喀嚓中集成记忆
活动开来……莫斯科郊外的晚上
红梅花开的河边

江南苏北的爱与慈悲
磨难的粉末，侵入我书房的子夜

我视线模糊，眼热心酸
又空按了几遍快门

　　　　　　　2011 年

随白天鹅散步

富士山被雾气遮去
仅露了脚腕。湖泊,波浪的琴
在山林中拨出铮铮回响
一只白天鹅在静游
不嫌水冷

我踩着火山灰沿湖边散步
沙沙声惊飞了白天鹅
一会儿又落入湖中。我快步上前
细看它,发觉它身后
跟上了另外的三只白天鹅
排成一行游行,不再怕我靠近

凌晨,我随白天鹅散步
一阵马达声响,汽艇从对岸驶来
远远地停下,朝我这边打量
它扫视着四只白天鹅
其实在注视我,揣摩我的心思

不因为天鹅美,不因为我喜爱美
它为我和天鹅之间
陌生的行走关系担心

2012 年

京都低温，小雨……

冬至雨断续
石径溅跳着水花，风抽脸颊
清水寺深沉，寺堂烟火，楼阁雾
灰衣僧闭目咏经
枫叶红过，樱花开过

墨绿铺陈廊台间
望京都，宫殿、庙宇、公馆
些许高楼大厦跻身其中
走江户时的街巷
闻奈良时的气息

祇园艺伎街，湿润亮丽
红灯笼，白灯箱，紫门楣
打出汉字：菊梅，蓝香房，花乡
工艺嵌在格子的窗门边上
似闻清茶香缕缕

黑发红枫铺染
绸服樱花怒开
茶道、花道，诗书、琴瑟
风雅辞令不出木屋

拍手、跺脚、打扇、扭腰、电眼
姿态不出木栏和竹篱
偶有木屐过巷，声荡黄昏

京都文雅，满街汉风徜徉
帮我区分那些僧人市民
识别这些艺伎民女
枫叶红过，樱花开过
我摄入感官的色彩与芬芳
很暖很暖

2012 年 12 月

海、河与圣城

给你钥匙做飞行器
把拿撒勒的伤员
送到天庭

给你地中海的鱼鸥
飞上云肩
留一处做电鳗的石缝

给你死海的黑泥
腌制不沉底的青铜史
了无活命

给你加利利海的丝网
捞起饥民做信徒
愚人先信教

给你约旦河的清波
洗尽铅华
掀开疤皮入驻灵魂的尾部

在耶稣受难的街道了解死与复活
我捡一块耶路撒冷的卵石

像种子,像胎儿
带回腹中,传仁,接爱

2012 年

意外的来信

无关手机、电脑、网络
在人人收到快递邮包的年代
我收到一封
手写的英文信

来自印度的一个古老城邦
寄信人是萨德罗曼
一所特殊教育学校的校长
我见过两次面的男子
他邀请我去他的学校参加典礼
为残疾学生的图书馆奠基

信封右上角贴着两张人头邮票
五卢比的拉吉夫·甘地
二十卢比的特蕾莎修女
两人与我对视，作心语交流

我的单位忙于走群众路线
文件，计划，措施
座谈，笔记，督查
我是作家得为人民服务
请不了假去印度

拉吉夫·甘地和特蕾莎修女
理解我的做法
我没有用人民群众做理由谢绝邀请
我写回信给萨德罗曼：
这天气啊……我身体不大舒服

2012年

给遥远的幽居者

亲爱的云绕肩头的庄园主
罗斯,你好
在仙人掌和蜂鸟的围绕间
幽居安第斯山脉你好
教动物们认识自然与头骨的来历
刷新安逸的生活真好

承蒙上帝的眷顾
我在一条还算古老的河边
做汉唐的手艺,赚和平的日子

你说红鹤和白鹤区别很大
取决于地理气候
是指我们的肤色相貌

牛肉、土豆和洋葱的烹饪不同
进入身体的价值一样
玻利维亚与中国的护照颜色形态
不同,过关的作用一样

你的祖先在西班牙
我的原籍在喜马拉雅山脉

五百年前或更早以前的航海
让两个灵魂遭遇
我当时穿一件藏民的无袖长衫
你可能是一条水蛇……

今后会更好
资本输出将成为我国的强大行为
朋友来往是我个人行为
你手里拿着印加帝国的天空之镜
我怀里蜷着秦国的黄龙
两段历史在南北半球的马蹄上往返

兄弟,如你说言:
"今后的落日是血的色调
重新照耀森林那压倒一切的绿色"
世界变了,对我们未必好

2012 年

西太平洋与印度洋之间

海滩的脚窝
哪一些是我的和我影子的
一些岛加上一些岛,生成海湾
蓄留水,体现海的亲切感

船远船近或船行船止,产生虚实
我比船要懂得海
水,在我体内增减着应有的咸度

感触马六甲海峡的锐角
为一船的海和人拨动吉他和弦
做几缕发梢下的想象
热带雨林,太阳船,成串的光晕
马来少女的笑语填满溪谷

走走曼谷或者暹罗湾
看到了,夜与灯光下的人
夜与灯光下的酒、音乐和香水
还看到了肌肉与骨头的软硬对比

浮艳的夜,必须有光或灯
对比我眼睛的纯黑

敲击手鼓与牙齿咬入水果的声音
以及风向、海浪去向
蕴含在西太平洋与印度洋之间
回响在椰树林的水分中

那几天，与几十种诗意的旗帜聚会
我爱惜母语，飘拂着百种关切
臂弯中流淌着未能显身的潋滟之神

2013 年

在希腊

为雅典准备一双眼睛一副眼镜
形成两个回字,回到公元前,回到现实
我熬夜想念雅典娜
眼珠弄出血丝

就近而言
在宪法广场的眼里
我是野蛮人
双眼不盲竟戴着眼镜

雅典娜
我来印证你的豪乳、小腰、大屁股
和造化能力
老的新的雅典
别把我的到来当成过节

我的身骨
剩下半个城邦
为希腊储备一些石料

啊,爱琴海
我从荷马、菲狄亚斯那里借来胆识

打些比方,做些零工
我的八十公斤
不够你吃上一口

2013 年

问那不勒斯

问那不勒斯
石头楼房和石头大街、石头马路
哪一个岁数大些
哪一个贵重些
我步行在几种不确定中

王宫、城堡,旅店和菜单
都不在提问之中
它们不属于我的一个纪元
问那不勒斯
希腊、罗马、拜占庭以及波旁王朝
谁往你宫廷里倾泻的精血多些

我在王宫广场的石缝里
扣出一枚黄铜纪念章
正面是拿破仑占领那不勒斯
——雕着桂冠头像
反面的动物人面牛身,是不是像我
走起路来要么慢,要么疯

步行累了。我用纪念章
从想象力那里换取一块比萨饼

一张音乐会门票
吃饱肚子去听歌剧
然后，去卡普利岛的山洞玩耍
水波上的蓝色女妖
毛发披散，腹部文着一条飞龙
踩着一扎桂枝或隐或现

问那不勒斯
那蓝色女妖是谁，看上去面熟
可曾是你和我的同一位
史前的大脚姑母
你的方尖碑和我的华表
都是她的主心骨

那不勒斯，你要是回答得太多
不隐瞒太沉的真相
我一个汉人怎能承受得了
从希腊喷到波旁王朝的维苏威火山

2013 年

神 圣

石块拼成灰格子
信仰中心的一只棋盘

梵帝冈广场走着人和鸽子的棋子
两旁的立柱像群
熟视可见不可见的一切

走着一双红鞋子
走着一双红鞋子
黑鸽子,快步跑,追逐她
啄着她的鞋跟

她转过身来,弯腰,捉了个空
黑鸽子飞上灯杆
飞上方尖碑
飞上圣彼得教堂的大钥匙

黑鸽子落下地
快步跑,追逐红鞋子
她转过身来用双臂合抱它
这一下,又落了空

红鞋子走在灰格子中
被石缝间的细草苔藓亲昵着

手心大的红鞋子
给巴掌大的方石块一份柔软
四岁的小腿获得弹性
脖子上的银钥匙颤颤的闪亮

黑鸽子瞳仁闪亮,飞上天
小女孩的小梵帝冈广场的大
一枚棋子和一个棋盘
被天下的同一颗心所爱惜

单纯的眼睛
放得下神圣

2013年

伯尔尼高地野景

水雾。
山腰间的街道和彩色木屋
等来爆米花的雨
爬高三千米,雪如飞絮
一群山羊蹦着跑着
踢出了雪浪

云雾。
雪朗峰和周围的群峰
风沙中的灰骆驼
有的像肚子滚圆的牛
等来慧眼的骑手

有人用德语呼喊女性的名字
连着喊了三声
雨雪停了,云雾散了
远景被拉近

布里恩茨湖和图恩湖
像蚌口张开的两瓣嘴唇
吐出一颗珍珠
——茵特拉肯小城

绿草、牛群，教堂、水车
自然而生的工艺
布在峰峦之间
鸽子在古街的上空
吐出多余的氧

阿尔卑斯山脉不是人间天堂
是神仙故乡，美的动力
安装在瞳仁里

2013 年

涨水的赛纳河

水漫了边道
车轮和漫步的脚相继离开
悬铃树的密叶间
波浪,霓虹灯,金发女的眼神
闪过各种各样的王朝

各种各样的桥
咬住不同遭遇的塞纳河

涨水了
我不回避波浪与街道的倒影
人们在船上岸上看风景
体会不了我与无形物质的邂逅
殒身河堤的戴安娜
在水渊里举着蛇妖的火炬

温温的水流,精灵游弋
波旁王朝之后的人,第一到第五
共和国的人在磕碰我的踝骨
罗伯斯庇尔、拿破仑的老鱼精在较劲
激起雨果和萨特的水花
从石头河堤,反弹到我的胸襟

银色波纹绕住我的腿

要是没有艺术和法郎
塞纳河能流出多少浪漫情怀
我所爱者加缪
走在左岸的大道上向我挥手
我更爱者自由女神
举着火炬从右岸的大道上走下来
站到水流的中央

我在边道上向西走
塞纳河的往事一节一节涨起来
向东流进我的鞋帮
消化着我寻踪了半生的法兰西

2013 年

站死的约书亚树

约书亚树
宇宙的一粒盐
把自己的性格和想法
从棕树和仙人掌的丛林中透析出来

把些微的水分
从沙漠底下抽吸上来

最低限度活着
扮演逆光下的稻草人
举着臂膀为虚空的加尼福利亚
亚利桑那做地标

生在这里死得早
沙砾、秃岭、石崖
干枯的河床狰狞的峡谷不养生
一只只球刺站着
像身躯上多长的脑袋和拳头
耐得住多死几遍

空中铺开绛蓝的面孔
地平线上滚淌着落日的岩浆

约书亚树做濒死的祈祷
吓唬时光的胆小鬼

云沙之间
黑漆漆的尸体逆光站着
死于自身的能力

约书亚树站在我的敬仰中
在没有丛林法则的旷野里不受欺辱
勇敢、难受、忍耐
书生气地活过

约书亚树,站死的约书亚树
我可以替你活着么

2013 年

银　蕨

星月之辉的空疏触觉：
赤裸寂寞的细叶
在冰凉气流中尽力舒展

谈恋爱的毛利少女把银蕨翻个身
背面的银光映照小路
赤脚踩着松软的腐质物
向约会走去

南太平洋雨林的飞禽
栖居在方言中，黑眼圈喷出地热
硫雾，熏黄了景物
消毒了生存环境

毛利人，最早的迁徙动物
跟随长发巫师来到罗托鲁瓦
搭起蕨草和棕榈枝的窝
听命于天相，放牧私有的草原

库克海峡的海豹是谁
鲸鱼又是谁，六月的移民为了什么
游近南岛北岛，止于金沙海滩

酋长带领一群涂毒的箭
走进银蕨树丛，拣一块黄色晶体
敲醒内藏的袋鼠的遗言：
想活着，得收敛锋芒，永住下去

小溪边，美丽诺羊来回走动
仰望树梢的缝隙，咽下灰绿的光线
分泌出绵羊油的柔润的嘱托：

捏着一叶银蕨的身契
心胸大小，草野肥瘠，热爱本土
新西兰向来是上帝的祖国

2014 年

黄金海岸

揽一路热光
自布鲁斯班来黄金海岸
应了天意

天空倒悬的城市
海母在幽蓝的虚境里吹泡泡
海马跳跃，跨过天桥
人们躺在云上
向森林的萤火虫招手

不论谁主谁客
上帝在海滩上做救生员
海浪冲向他的怀抱
溅落下来变成美人的帆板

黄金海岸的
上帝，很年轻很勇敢
为我表演飞车
为我用海螺壳煮咖啡

2014年

入埃及

尼罗河浑而长,将沙漠的蛇头
镶进一把金椅子的后背
泥沙深远,掩埋被咬伤的朝廷
河边的金字塔已被大风吹矮了一寸
未见它流血落泪
骑骆驼的我去不了天上

从北往南,亚历山大到卢克索
寻访盘辫子的女王——
一个山洞里,小腰的乳神
坐在时光的拐弯处对我倾吐衷肠

她妹妹嫁给爱琴海的克里特岛
带去法老写在纸草上的遗产
她女儿嫁给雅典城邦
带去石头做的科学、民主和艺术
她孙女嫁给耶路撒冷
带去摩西的圣经
半边世界的蛇、鹰及其子裔
都从她那儿取得媳妇、陪嫁和爱

女王风骚无双,孤影成精

尼罗河水把雄性的蛇尾拉得很长
沙漠落日把她的腰带拉得很远

入埃及。女王的腹腔里所剩无多
——金玉、历史和玄机
一只贝壳的成因与细节已够吓人
晕得我不能下载分享
入埃及。我从尘土覆盖的开罗
发手机短信给东方家属
网络中断，不能传输文字图案
当朝不愿意我泄露一丝幽情

尼罗河的浑，被编制成鱼和鳄的密码
精虫艳丽，满岸爬动
哺乳类动物中找不到活着的恐龙和法老
水蛭在掐算木乃伊的冥寿
水边的莲花开出红白蓝三种神态

尼罗河浑而长，他是人类的老看守
储存了命运的遗传信息
泥沙深广，遮掩被削弱的骨肉
金字塔又被大风吹矮了一寸
入埃及。我心惶恐
我心异美，骑骆驼的我不去天上

2014 年

撒哈拉之夜

蓝纸的天挂满了银
地的金箔堆积着、卷扬着沙粉
除过自己,并非没有活的

漠风,打动头发和衣摆
触碰着麻麻的耳朵
遥远的亮点那儿有谁居住

贝都因人帐篷里的炉火
与红海航灯相像
几滴银从北斗星的勺口漏下
黏黏的,滴向热土
隐于亿万粒粉尘的合谋

一颗砂砾从沙漠中分离
飞旋,滚远,跃上红海的船
出埃及去了以色列

挂在头顶的近处的银
摘下来,熟成了烫手的鸟卵
蓝纸的天,金箔的地
夹住银灰的无量的空洞

转着柔软的圈

黑不透的撒哈拉之夜
除过自己,并非没有活的
陨落的银滑下山坡
找到赤道线,旋转着法老的星

2014 年

拜占庭草谱

拜占庭
新罗马
好听的原名
砌成围墙的君士坦丁堡
穿长袍牛仔裤比基尼的伊斯坦布尔
每一个名称
都是同一只老鹰的蜕变
飞遍欧亚非的水土天

拜占庭
希腊移民的城邑
招惹太多野心
用二十七个世纪的长跑去追讨
千年帝都的老本
留下三千个清真寺一天喊五次魂

喊来一位
伊斯坦布尔少女
穿长袍在蓝色清真寺合掌做礼拜
穿牛仔裤在对面的圣索菲亚大教堂祭祖
穿比基尼跑向博斯普鲁斯海峡
登上一艘拜占庭号游艇

在马尔马拉海和黑海巡览史迹

她用手机自拍她的血统流变：
"波斯帝国败于希腊城邦，
毁于马其顿王国。罗马帝国胜出，
把拜占庭雕刻成自己的陪都。
当帝国分裂成东西两瓣，
这里叫东罗马，谥号拜占庭，
帝都叫君士坦丁堡。"

她翻看手机里的影集：
"这里的水土天是颠覆的梦床
被十字军攻占，被阿拉伯人
蒙古人骚扰接着被土耳其人毁灭，
改朝为奥斯曼帝国，
帝都的新名字叫伊斯坦布尔。
一战的火炉熔化了一切，
炼成土耳其共和国的弯月五星旗。"

拜占庭残墙
金角湾，吉拉塔大桥
可着劲儿用海峡的喉咙喊魂
喊来这位混血的伊斯坦布尔少女
讲解从古到今的宗教
海母沉浮，缩张，听得比我明白
太阳神、上帝、安拉
进入颜色不同的眼神和心意

托普卡比皇宫在喊魂

喊来两艘反向行驶的客轮
带上我和旅行包驶向爱琴海地中海
探寻更古老的风物人迹
带上她驶回拜占庭寻认先祖

伊斯坦布尔活在人群中
树木葱郁，鸟雀安静，铜钟哑默
三千个清真寺一起喊魂：
回到纯洁的体内，神与你同在

2014 年

古堡幽灵

云层的一组错字，遮蔽卡隆古堡
月亮不时吐出一串咒语
幽灵出没在楼梯大厅和密室
高台上，一团雾气显影：被谋害的脸
王子惊出冷汗揉着屈辱的关节

城墙、铁炮认识冤死的父王
问厄勒海峡的船桅，复仇还是逃避
问王子自己，生还是死？
情人表白，爱，直接的互相的爱
他转过脸，撩开恨的古装戏

暂且活着，怎么活，活多久
取决于王子与新旧王朝如何纠结
哄骗，装疯，对抗
放弃眼角的那个阴郁的爱
活得隐忍，死得英勇
聚散的雾气游移着伪命题

看戏人，从十四岁看到如今——
丹麦王与汉皇、沙皇投下相似的魅影
爱比雏菊小，恨比冰山大

有一天半夜王子与我倚在柳树下
对饮，互相占卜，辩论着爱恨情仇……

卡隆古堡，压抑的魔咒
刻着莎士比亚，挂着劳伦斯·奥利弗
徘徊着哈姆雷特哀恸的脚印
一把毒剑刺入中古，折向近五个世纪
杀与被杀，爱，无处藏身

情过西兰岛
不沾黑云，肩染丽日
我的心软和，我的爱对象广泛
留一些在摸热的钟声里
古堡中多出一些排解悲仇的幽灵

2014 年

灰暗中的海星灯

灰暗的天灰暗的空气
罩住生铁碎块似的斯德哥尔摩
下午两点半到来日上午十一点
视线，大脑，皮肤
犹豫成了铁灰色

铁灰色的物象
桥、教堂、宫殿和街道的幽光
伸向寒冷的波罗的海——
一组浪、鸥、礁、船勾搭成的情景
活像手拉手取暖的集体恋爱

丁字路口，咖啡馆里的我
不是平常看到或认识的低温的我
喝咖啡首次放糖，放两块
为什么？为连接一个偏甜的注目
海星爬上玻璃窗，亮起多角灯

珍珠，荧光；紫金，亚光
抵消着斯德哥尔摩日日的灰暗
光着长腿的姑娘吃过甜点
嚼蓝莓干，像在嚼冬日的蜜核

皮肤白得就要下雪,她不会得忧郁症

狐狸一般闪过中午的太阳
照不透咖啡馆的砖墙
基督种植在她身体的美学中心——
变成珍珠色紫金色的海星
姑娘冲着我微笑。窗台的积雪
给我以荧光的亚光的洗礼

她的姓名是斯堪的纳维亚
冬夜漫长,不见日光
海星和积雪是她高光的胸脯
藉此美色我获得暖意
捱过礼拜天的长夜而精神敞亮

2014 年

吃圣诞

烤火鸡的圣诞多么纯洁
宝塔松枝上降临一位圣诞老人
给你们发信仰
红烧肉的圣诞多么好玩
抽奖券里钻出的一位晚会主持
给你们发奖品

西方人去教堂过年
吃甜点唱赞美诗
咱们去酒店开年终的联欢会
吃烧酒唱促销词
谁在夜生活中得福多

我的圣诞我做主
呆在家里看电影《上帝之子》
吃自己做的八宝酱豆唱微信里的颂歌
我的脑袋装着原版的神
做一只永远敲不碎的红包鸡蛋

原谅我没了感情,前些天我用感情
外加一双棉袜从芬兰换回来五个圣诞老人
连夜为你们派送好吃的八宝酱豆

2014年圣诞节

古寺丽影

谁在热带雨林里放了蛇
长着长着,成了宫殿、城墙和花园
一块飞毯远行
扩充王土。心脏里耸起一座古寺

塔普伦神庙
巨石与树根的游戏从八百年前开始
公主被蛇王哄睡了
几颗蛇卵发芽,挤出石缝
缠檐绕梁升向虚空

门窗幽深,洞彻人与神的玄机
飘逸的浮雕恪守秘密
小蜥蜴爬出碎石,躲在杂草中张望
看到一双绣花的凉鞋挪近
又钻进暗处

泼雨过后,古寺丽影出来了
石头,它是我的石头
树根,她是我的树根
我的眼里没有一点宗教色彩

我的心脏里站起了醒来的女人
发着这里稀缺的光

2015 年 7 月

极尽视野

一梦一眨眼
从梳子漏出的目光到达好望角
寻找原居民

点燃桉树枝的篝火
斑马、瞪羚、狒狒和狮子不在附近
几种海鸟栖息在梦呓里

气流和风带激怒海水
向崖壁咆哮
巨浪奔突的马群中骑手何在

极尽视野
传说中的盗匪和开拓者合为一身
仅有水痕印在岩石上
宣示非洲的文明不文明

好望角的灯塔
距我的住地城市二万五千里
灯光里的棕灰色的岩兔
跑过原野的牙膏草和珊瑚树

进入我的眼睛
问我：去北极怎么走
从那洁净之地转去天上的老家

2016年8月8日

宅

之前，本人的胡子去马达加斯加
为共和制投票
头发留在印度当婆罗门教徒
修剪掉的指甲给朝鲜
做农业肥料

之后，本人器官一样不少
躺在皖南出产的两米宽竹席上
构思故事，打瞌睡
两只蜘蛛蹲在木窗一角倾听
因纽特人的捕鲸能手已临近家门

足不出户
胡子、头发和指甲长出来了
蓬勃着，油亮着

我本艺术，类似吃素的土拨鼠
利用身体这点资源
对外做交易
拨开乱七八糟的律法
胡子、头发和指甲长得快

2016 年

印度门

土壤浃带的一切事迹
通过印度门,蜂拥的人头
像颤抖的石榴籽,通过印度门
有一个神没有通过印度门
他叫云

冬季,有一只丰乳翘臀的
年轻鸽子飘着纱丽
从云上落下来,通过印度门
……下起了牛毛雨

浇灭了信仰对立的火
她湿重的翅膀,何时再飞回天城

云的世道,时不可待
蚕丝和山羊胡子交织的印度
坐上如意的飞毯

金体银肢,头嵌宝石的印度
心里涌起石榴红,瞄着下一次日出
敞开印度洋和云中的印度门

2016年冬

早晨好,加德满都

早晨好,挂毯上的大象
早啊,木雕的神和佛
太阳还没有升起
一只蜘蛛从铜钟的摆锤上醒来
把额头涂上红点

小吃店和超市相继开门
清洁工在扫街
出租车在薄雾中绕行
万寿菊的香气溢出旧王宫
系在围栏上的哈达,黄缨飘然

早晨好,鲜活的古迹
好啊,陆续上街的一百多个民族
和飞出巢的黑鹰,和乌鸦
和静谧无求的心
早晨好,可能要露头的太阳

2016 年 12 月 15 日

忆博斯普鲁斯海峡

几年前，一只红嘴鸥从地中海
飞过爱琴海、马尔马拉海
落在博斯普鲁斯海峡大桥的悬索上
环视一番，飞到我站立的海边
落上我坐过的椅子的靠背

黑袍女子像玛丽亚
经土耳其浴室前蒙脸而过
袖口暗闪着银光词典

无数的水母向岸边的停船聚拢
宛如东西罗马的大部队
汇到红嘴鸥的眼中

当六塔寺的吟祷第四次响起
我空手乘船，去东岸赴女琴师的旧约
水母群宛如奶粉隐散向海里

红嘴鸥飞走了像来时那样
落在博斯普鲁斯海峡大桥的悬索上
环视一会，飞过马尔马拉海、爱琴海
飞回地中海的波峰浪谷

然后
出乎我记性之外
入乎鲨、龟和仙人之境
失其所踪

  2017 年 2 月 21 日

夜宿维也纳郊外

牧草。麦子。郁金香。
眨巴眼的三种植物加上熏衣草
绿与紫，拥着少许黄玫瑰

蓝色家燕飞进黑瓦屋檐
褐色瞳孔，缩放着
一百七十年来的小旅馆底片

飞机擦过房顶，爬升的坡度很缓
老透的橡树干长着乳白菌花
掰下一块，嚼出奶汁

木窗半开，帘纱飘卷
招引星空中可能降落的使者
提琴曲、歌剧，从维也纳传到郊外
二楼的玻璃杯听得嗡嗡有声

一树樱桃在公路边摇晃
密密麻麻的童话小人的红鼻子
惹着我去揪，去开心地咬

遗憾的是直到我离开

店主也没有来前厅碰一下老钢琴
弹一弹哈布斯堡尾声的村俗

2017 年 6 月

布达佩斯的多瑙河

埋头在云里
把家规埋到两岸的城堡里

多瑙河流了布达佩斯多少泪水
把头埋在奥匈两族
双头鹰和乌鸦的黑色象征里

把头埋在水底
捞起马蒂亚斯的黄金马掌

刚才的大雨洗净眼中的沙子
美女颈动脉里的东方血液变得更淡
上岸时,火车向东驶去

把头埋在钟表盘下
古今不会倒置
爱和创伤反复重演
精装的桥固定不了人心的唧唧水流

2017 年 6 月上旬

画鸟和喂鸟的纽约人

来自纽约的一位艺术家
住进京郊的农村
用大米在地上画小鸟

小鸟一天一天飞来
吃大米,一点一点吃掉
地上的小鸟
然后自己也消失

他飞回纽约
天暖的时候还会来这里吗
画小鸟,喂小鸟

    2017 年 10 月 17 日

西西里的弯曲小道

有一支曲子走着弯曲小道
左边的山丘右边的麦田和葡萄园
看见了，听见了
礼帽沿下三分激荡七分悠扬

吉他向东去蔚蓝色海洋
口琴向西去蔚蓝色海洋
短笛向南去蔚蓝色海洋
粮食和酒向北去罗马母亲的腹仓

一支曲子走着弯曲小道
经过山口时遇见挺挺的云松和教堂
树梢上屋顶上什么也没有
鸽子乌鸦飞往昔日的西西里传说

戴着礼帽走不完弯曲小道
这一支曲子把西西里岛走了个遍
沁入古堡、酒馆、圣诞的心
这一支曲子持续着三分激荡七分悠扬

千年前，百年前，现在
弯曲小道两边的山丘、麦田葡萄园

都看见了听见了那种蔚蓝色
接受了一支曲子对地中海的示爱

2017 年 11 月 18 日

蓝天邈远如飞

蓝天下云朵悬停
云朵下羚羊群低头慢走
羚羊群下长着无边无际的青草
青草下堆积着阿伯德尔山脉的红色火山灰

在肯尼亚中部高原
一只吃饱了青草的羚羊离群而去
低头往绿地毯似的山坡上爬
经过青紫的兰花楹
经过灰绿色的烛台大戟和平冠的合欢树
经过一个石柱时它抬头看了看
走进面前的灌木丛林

我跟随那只羚羊的目光落空
虚眯的眼角扑过一条翘动的斑尾
灌木丛林里黑静静的
山顶上云朵悬停云朵上蓝天邈远如飞

2017年12月12日

夜雨后的清晨

一条鳄鱼趴在旭日的肩旁
张大嘴巴打哈欠打出一串云泡泡
它刚刚醒来

马赛族少年拿着合欢树的枝条放羊
姑娘夹着塑料桶去河边拎水
他们刚刚醒来

颠茄叶上挂着水珠
长颈鹿的眼睛在树梢上眺望
它们刚刚醒来

披着红束卡穿着花裙子的他们
和一身光泽的它们互相打招呼: 将波
我们刚刚醒来

踩着草原漫步呼吸清新空气
对他们和它们打招呼:将波——你好
我是行者刚刚醒来

织巢鸟起得早些
叼着草叶细麻飞到合欢树的枝杈间

就着旭日的柔顺光线
摇晃脑袋，编织可旧可新的一天

2017 年 12 月 14 日

马赛马拉草原

比胸怀大十倍
比视野大百倍的马赛马拉
一河弯曲向西,流入维多利亚湖
往东眺望乞力马扎罗山顶的依稀残雪

看动物世界冲过马拉河
千万条腿一下子没入马赛马拉的草丛
鳄鱼河马开合着两张大嘴
被过河的鲜肉噎得在水中翻滚

马赛马拉凹凸起伏着
马赛马拉草原绿波荡漾着
角马、野牛、斑马、羚羊埋下头去
一片一片啃嚼他的胸怀
把啃个半裸的山丘扔在他的视野里喘息

辽阔吗,壮丽,野蛮吗,静谧
比胸怀大十倍比视野大百倍的马赛马拉
对一只狮子扑倒角马无动于衷
对一群鬣狗撕碎羚羊⋯⋯
一只猎豹咬断斑马的脖子无动于衷

马赛马拉被抽去痛感神经
草根下鲜血蔓延
马赛马拉草原被揭去脸面
在旱季的草苍中露出的千万条腿
冲过马拉河返回坦桑尼亚
又兴奋了鳄鱼河马的两张大嘴

眼神空茫的马赛马拉站在原地
遍体草苍，碎骨零落
对不变的蓝天白云做深呼吸

看夕阳跌落，跌得慢，跌得真
两种血色浸染了天地、胸怀、视野
秃鹰裹着鲜红和金黄飞向虚远
山丘、香肠树、灌木林变成黝黑的剪影

一头野牛迈着孤独走到马赛人的村寨
在仙人掌围栏外摇动尾巴
圈棚中的奶牛绵羊打起了瞌睡……

比胸怀大十倍
比视野大百倍的马赛马拉
一季季、一根根享受青草的幸福
掉头发似的掉着光阴
再从根子里长出来年的鲜美草原

2017 年 12 月 16 日

卡萨布兰卡

忽闪忽闪
三种美人鱼摆动尾花
名字好听
白里透红的卡萨布兰卡

王宫,绿,清真寺,绿
五官偏蓝的尼格罗－欧罗巴
溶进大西洋的风和景
头巾随时散落
绽开短裙长腿的三个她

宣礼塔一次次唱祷
声震迈阿密海滩的金沙
络腮胡子的国王笑在行宫
真主无形而居在外墙涂粉的百姓家
恋爱的男女揽腰挽手调子斐然
或许法兰西,或许西班牙

里克咖啡馆,烤鱼香
游在玻璃窗外的白鱼,乳沟洼
黄鱼的臀,翘向一月迷情
英格丽·褒曼还在扮演躲闪的猫

怀旧的敏感两世通达

真主和国王
顶天立地的主角
握着摩洛哥权杖的情感手把

红底子上绣着绿海星
忽闪着多汁多味的卡萨布兰卡

2017 年 1 月 21-22 日

弗拉明戈的烈焰

野鹿在跳,红鞋子踢哒
你是多么苦闷放浪
野马在跑,黑鞋子踢哒
你是多么悲愤狂野
夜光和人流
踢哒着想爱就爱的安达卢西亚

黑鞋子追逐红鞋子
疾风烈焰,疯了一身血液
你是多么灼热激扬
爱,释放爱的安达卢西亚

脚跟踢哒着吉普赛
脚尖踢哒着阿拉伯
响指、响板、响鼓打出极乐
你是多么自由幸福

流浪的大摆裙
颤荡着荷边和褶花
路灯下,悬崖上,旷野里
铿锵地燃烧着安达卢西亚的痴狂

2018 年 1 月 27 日

美酒在河谷里流淌

葡萄含在喉咙里
酿出航海王朝的灵性
葡萄牙,怎能少了葡萄酒

迈着公鸡的步子
踏上路易斯一世的双层铁桥
有轨电车穿梭,震颤着杜罗河水
浃着酒浆流向北大西洋

河谷之城,住着酒神
日头下波光粼粼星空下珠光熠熠
左岸的酒庄门前,系着满载的木船
工龄大于祖母的年龄几倍
深窖里拿出一瓶波特红酒
抵得上一夜情人

热闹的右岸酒吧
吐着浓郁的甘醇气味
吉他妹的情歌一曲比一曲荡漾
小饮微醺,长饮枕河而睡

海神宫有多美

波尔图就有多美
远征海洋的祖先放下野心
过上见好就收的日子
给世人输送葡萄牙的葡萄酒

酒波在杜罗河谷流淌
流到海洋，成就木船的奇遇良缘
俯仰间的牧师塔很健康
他生活着，爱惜着
慷慨、忠诚、久远的波尔图

   2018 年 1 月 29 日

物质街

心里有东西的人
来到安道尔
脚下踩到一只
比利牛斯山脉的余绿

心里没有东西的人
钻进满街的东西
焦虑地急匆匆地寻找身价

天下人莫过于此
妄想为身体超配物质

安道尔有宝贝……
眼角,微微落着雪意
我看好街尽头的雪山底座

2018年2月1日

赞美一位叛神

与一切执迷不悟之间
隔着一江春水
与远方的情怀、序、形容词之间
隔着松动的牙根

与经典之间隔着墓碑上的虫洞、菌花
让时光听命于个体意志

设一个局
隔开可能与不可能之间的触点
撑开天的空，地的大，宇宙的爱恨成因
自己成为局外的原始力

斯蒂芬·霍金
消解创世记神话的叛神
你刚死去
上帝就睡上了安稳觉

2018 年 3 月 14 日

一人高的教堂

碎石头垒砌的小屋
半截身子陷在索菲亚城的低凹处
露上来的墙肩和屋顶低于奥斯曼士兵
五百年里的保加利亚生灵
卑下着,度过命关

世上最小的这间东正教堂
在都市的精装本中隐忍如一个分隔点
履盖着征服者重叠的零乱的鞋印
被现世的花草树木柔化

金盏花、三色堇尽兴地舒张花姿
剑兰长春藤和松柏菩提树的神情葱绿
墙根下的菊苣草蓝得让人心软
而她的苦味藏在根子里……

地下室亮着凄凄弱光
有位姑娘坐在里面画了好些圣像
逼仄的侧间仅够坐两个人
老神父正在听年轻的忏悔者倾诉

仇无所谓大,恩无所谓小

无需感官的高大奢华
一人高的教堂诚实而久远
容得下上帝、神父和万众信仰

  2018 年 6 月 28 日晚

细雨中的有轨电车

索菲亚，吮吸仲夏的低温
两对铁轨抹着雨水在街区间穿插
嗒嗒嗒嗒嗒，嗒嗒嗒
车头的侧玻璃中弹跃着一篷卷发

女司机的衬衫领子浅蓝
车厢红车厢白车厢黄……水分子里闪过
色雷斯人、斯拉夫人和保加利亚人
栖居在椿树白杨树菩提树上

高大的七叶树悬垂着青青的刺球
——轻晃着，嗒嗒嗒
嗒嗒嗒嗒嗒轻晃着乘车人

全市仅有一所清真寺做礼拜
下午一点半从单塔上传出长调的唱祷
听上去语义沉郁
小于伊斯坦布尔的喊魂声两到三倍

红白黄的有轨电车方方正正
对称着近百年的街区志
也许，它的体内装着苏俄的内脏

嗒嗒嗒嗒嗒，嗒嗒嗒又弹跃着一篷卷发
开车的又一美人儿领子浅蓝

像当时的紫红樱桃
像快熟的青绿胡桃……

四世纪六世纪的教堂
眨巴着伊斯克尔河的凹眼睛
打量着驾驶有轨电车的酷美人儿
将满城的花语稀解成雨意
蓬松，恬润，流利，心照不宣
嗒嗒嗒嗒嗒……嗒嗒嗒

2018 年 6 月 28-29 日

神地仙址

无花果树满身悬挂着锥果
分开手指伸向木栅栏外的萨瓦河
想交换什么

白瓷似的打碗花里放着一文嫩蕊
想索要什么
枸骨叶的角刺支棱在木栅栏内
什么也没想吗

院子中有一幢红房子
被紫红的小檗叶丛拥围着
一阵脆笑,木门打开
出来一袭连衣裙一头栗发
走向伊利卡大街……

萨瓦河里的水妖
眼闪星光,腰扭蛇姿
竖起长臂像圣·斯蒂芬教堂的双尖
领着英雄广场的克罗地亚舞

全城的铜盘模型
排布着街巷的血管五官和寒毛孔

中午一声炮响,楼动心也动
艳丽的裙褶旋舞到高潮
剪刀手势发散着浓烈的斯拉夫风情

萨瓦河畔的神地仙址
大名叫萨格勒布
它有一位大神仙是尼古拉·特斯拉

2018 年 7 月 5-6 日

在夜海滩的松树下看世界杯

晚霞向峡湾泼彩,细长的松针染光
背衬着一处海滩的露天酒吧
满座的人群中有个三年级小学生伊万
他九岁半,已经踢球五年
看电视大屏里激烈争夺着世界杯

俄罗斯开炮先下一城
伊万纹丝不动。天幕转黑,海滩在降温
……克罗地亚头球破门扳平比分
松针颤动,伊万站起来鼓掌
海滩边踢足球的几个男孩跑过来
围着伊万紧盯荧屏,为俄罗斯喝倒彩

加时赛。克罗地亚头球破门反超俄罗斯
现场观战的美女总统挥手起舞
松籽球晃动,伊万站到椅子上呼啸
几个男孩对碰着可乐瓶。海滩燃起焰火
酒吧外的路上摩托赛车狂吼……

俄罗斯头球破门追平克罗地亚
松针纹丝不动。天幕黑透,海滩在降温
点球大战。坐不住的伊万肩靠松树

眼吐火舌……克罗地亚六比五点杀俄罗斯
松针！ 松籽球！ 松枝！ 松干！ 一起摇摆！

海浪一波一波滚上沙滩
伊万和几个男孩手舞足蹈嚎叫胜利
酒吧外的街上到处燃放焰火
一辆轿车开到路口疯转几十圈
轮胎皮的焦味和硝烟味久久没有散尽

亚德里亚海东岸
巴尔干半岛西北部的克罗地亚
斯普利特的一处海滩美若女总统姿色
露天酒吧的大松树连根摇摆
小学足球队的右边锋伊万如愿以偿

峡湾对面的市区的长老是戴克里先宫
保佑着观看世界杯的伊万和我
海滩的灯火焰火波浪之光
湮没星光，克罗地亚烧着了狂欢之夜

2018 年 7 月 7-8 日

巴尔干乡村

黑海和亚得里亚海两岸合成夹心面包
夹着巴尔干山、喀尔巴阡山、品都斯山的
肌肉，以及多瑙河、莎瓦河的奶酪
以及水车、风车和钟声回转

玉米、向日葵和麦子、牧草
在田野里头碰头肩挨肩
有的深绿金黄，有的灰白青翠
显露着仲夏的不同成熟度

玉米籽粒饱满，胀裂了苞衣
矮株的向日葵像铺满山地的火狐的脸
先熟的麦子，被割麦机割去穗头
麦秸倒伏。陈年的牧草被捆成石碾状
散放在新鲜的草地里落上鸟雀

村庄或大或小教堂或高或低
花木掩映着它们，果蔬围绕着他和她
乡民在宅院、田野和信仰的三角
锥体中过着安稳的小日子时而歌舞一番
门前的公路铁路，窗后的马车卡车
承运着土地的赐予上帝的旨意

看不到边的田野森林
看不到头的起伏不已的峰峦丘陵
看得清楚的水沟池塘湖泊
看得仔细的葡萄藤、芦苇、菊苣和蛇粟
延伸向云壤交织的天际线

从黑海岸横穿到亚德里亚海岸
渐次遇见桦树和水杉、橄榄
马群羊群渐少，视线趋热，体温上升
教堂的数量不变顶端由圆变尖

黑海的血浆，亚德里亚海的奶汁
不问气候冷暖与朝代更迭
远远不断输进巴尔干乡村的日常生活

    2018 年 7 月 10 日

纽约散纪

华尔街的铜牛摆出凶猛的角斗架势
被人群围拥着合影,站在它面前的小姑娘
虚弱不堪?没人搭理她生怕沾上熊市
离开它。过特朗普大厦而未入
那个凡夫、粗人、疯子或伟大的总统
住在华盛顿的白宫玩着斗牛术
不如登上洛克菲勒中心大厦俯瞰纽约
双子星的位置变成流泪的水池
周围耸起四幢高楼,飞起一只大鸟

去大都会艺术博物馆,穿回到过去
看望古希腊的阿芙洛狄特古罗马的狄安娜
经过非洲美洲来到东亚看望中国宝贝
铜的,石头的,陶瓷的,纸的
一件又一件穿着玻璃外套安然无恙
对自己的来历心知肚明……

走进近现代的艺术中心法兰西
遇到奥古斯特·罗丹的那尊青铜时代
问候他的加莱义民及思想者
又遇到一帮印象派的疯子卖弄色彩
朦胧的笔触间漫着情人的乳汁

让的我腿恋恋不舍。离开博物馆时
下起瓢泼大雨躲在栎树下吃热狗喝咖啡

中央公园的植物多得像纽约的人种
栎、刺楸、 松、梧桐和樱花树
乘以一百也不能涵盖全部
跑步骑车的市民,吹萨克斯的老白人
玩肥皂泡的小黑人以及灰麻雀
黄松鼠、花鸽子、砂红鸟……
都是活生生的命,自由自主又散漫

我在第五大道五十九街至六十一街逛悠
苹果旗舰店里挤满中国男女老少
我对流行物少有兴趣,遛大街到处看闲
一辆冰淇淋车停在花旗银行门口
两辆消防车鸣叫着向南开去
三个小时内我没有瞥见警察的影子

当地的兄弟阮克强开车从长岛绕过来
带我去皇后区的法拉盛唐人街
与严力王瑜等一帮诗人聚会啃猪排
玉米棒,喝两瓶红酒,吃龙虾和墨西哥卷饼
后端上一盘青菜。对了想把纽约写透彻
比炒好一盘上海味的青菜要复杂
我和大家碰酒杯,闪动青菜叶子的表情

2018 年 2 月 3-4 日

尼亚加拉瀑布演义

我来描述两个瀑布:
纽约州的尼亚加拉悬飘着银色的百褶裙
跌宕、曲转,迸溅着水晶花和珠串
安大略省的尼亚加拉马蹄狂奔
踢响天雷踢漏天河,浪涛翻滚冲下断崖
尼亚加拉河两岸的两个同名的城市
东西相望,两个瀑布比肩比酷

比成了为美冒险的少女瀑布
比成了为爱舍命的骑士瀑布

故事打安大略省这边起头
求美求爱的骑士,变身为蛇和木桶
从上游颠漂过来冲到瀑布口
眼睛一亮,看见了侧立在东岸的少女
抓住她的裙角眼睛一闭跳下悬崖
他和她,化合成水中的彩虹

一次次重演——少女被骑士拽下河底
转身又侧立东岸吸引另一位骑士
……在两岸的峭壁间走钢丝
手持横杆,单腿鹤立,凌空起舞

惊得鸥鸟乱飞,惊得彩虹飞跳到半空
凝结成加拿大和美国的界桥……

骑士和少女的演义无限循环
从伊利湖冲下来的尼亚加拉河三级跳
落入安大略湖。在西北的湖边
我调整好心情的踏板,为一对漂流瓶接风
打开瓶内的密约:她的尼亚加拉瀑布
为美冒险,他的尼亚加拉瀑布,为爱舍命

他的尼亚加拉瀑布,她的尼亚加拉瀑布
我所拜托的尼亚加拉瀑布
履行着生命、自由、美和爱的使命
用生命去跳崖,用自由去冲浪
为美冒险为爱舍命,获得一瞬又一瞬极乐

2018 年 8 月 5-6 日

寻思北美原住民

大西洋西岸的北美
天天看得见原住民的龙虾
在城镇乡村的餐厅里得到珍爱
被几百种口味的移民及其后裔吞食

纽约和多伦多
拥有最多种类最多数量的移民
吃掉龙虾最多天天看得见

华盛顿和渥太华
拥有最多种类最多数量的博物馆
盛放原住民的图片图腾最多显然与龙虾
扯不上血缘辈份

然而，尼亚加拉瀑布的水花中
五大湖的水族包括周边的省州县市
一概稀缺原住民的人面人声

廉价的奥特莱斯僻静的湖滨小镇
乃至在乡村的葡萄庄玉米林橡胶园里
一概稀缺原住民的人面人声

在进化人性的费城、波士顿、魁北克城
乃至曼彻斯特、金斯顿这样的小市
找个原住民打招呼比当选总统总理要难

北美的东海岸
水多土肥禾木丰盈遍地都是现代文明
移民都市，移民成就，移民精神
……而它的主人，原住民
被文雅的移民取代被新的秩序淡化
被供奉在电影电视和博物馆中

北美大陆不好意思直呼印第安人
称他们为原住民，请他们充当依稀的背影：
几近革除的，值得赏玩的历史痕迹

2018 年 8 月 10 日

盲 飞

用人品飞行
用手感辨认方向

从十五岁起
我的邻居是新英格兰
隔着太平洋,脸离心很远
她飞到我要几十年

半生住在黄海边
做中国江苏省的一介居民
筑一个多余的巢
容留那些零落的羽翼

去年底的时候
彼岸飞来的雀子是盲眼的
雌性的杰妮芙,特安静
做我的暖手袋做我的陪聊客
听我讲儒教课程

2018 年 9 月